Weihnachtliches

Wunder

Eine Kurzgeschichte

von

Angela Planert

Impressum

Weihnachtliches Wunder
Kurzgeschichte
© Angela Planert
www.Angela-Planert.de
Version 4.0 Stand: November 2015

Covergestaltung Angela Planert

Illustration: Dagmar Lüke
www.dagmar-lueke.de

Lektorat: Jörg F. Nowack
www.lektorat-nowack.de

Wie tausende kleine Messer schnitt ihm der eisige Wind ins Gesicht. Zum Schutz hätte sich Erylan am liebsten die Hände vor dieses ungeschützte Körperteil gehalten, doch dann hätte er das rettende Holz zurücklassen müssen.

Den ganzen Nachmittag über hatte er damit verbracht, unter dem Schnee nach heruntergefallenen Ästen und Zweig zu suchen. An den Stellen im Wald, an denen am Mittag die Sonne den Schnee kurz erwärmt hatte, war eine feste Eisschicht entstanden, die beim Durchbrechen scharfkantig wie Glas war. Anfangs hatte sich Erylan an den spitzen Eisstücken wehgetan, aber jetzt spürte er seine Hände vor Kälte kaum noch.

In den nächsten Augenblicken wehte der Wind ihm dicke Schneeflocken entgegen, von denen einige an seinen langen Wimpern hängen blieben und ihm die Sicht erschwerten.

Dort vorn, gar nicht mehr weit, lag das kleine Fischerdorf und damit sein Haus.

Sein Haus?

Seine Gedanken gingen zurück.

Vor sieben Tagen hatte er auf der Flucht vor den Ordnungshütern seine ohnehin schon abgewetzten Schuhe verloren. Unter keinen Umständen wollte er in diesem merkwürdigen Waisenheim der Mönche auch nur einen Atemzug länger verweilen.

Ein kalter Schauer fuhr ihm über den Rücken, als er an die Vergangenheit dachte. Von den dürftigen Mahlzeiten und den strengen Vorschriften der Mönche abgesehen erschien ihm das Kloster richtig gruselig.

Einmal in jedem Monat war eine schwarze Kutsche vorgefahren, aus der ein besonders gut gekleideter Mann ausgestiegen war. Er trug einen Rock aus dunkelgrünem Brokatstoff mit goldenen Lilien darauf, eine dunkelgrüne Hose und schwarze Lederschuhe.

Mit einer solch warmen Kleidung ließ es sich bestimmt gut den Winnter kommen.

Trotz seines vornehmen Äußeren mochte Erylan diesen Mann nicht. Dessen auffallend hellblauen Augen schienen ihm so eisig wie jener Wind, der ihm jetzt entgegenblies.

Bei jedem Besuch im Heim hatte sich der Herr drei Kinder herausgesucht, denen er ein gutes Zuhause geben wollte.

Erylan hegte keinerlei Interesse, herauszufinden, was der Herr darunter verstand und was wirklich mit den inzwischen einundzwanzig Kindern geschehen war.

Durch ein belauschtes Gespräch hatte Erylan erfahren, dass die Mönche jedes Mal viel Geld für die Kinder erhielten, das dem Kloster zugutekommen sollte.

Trotzdem war die Suppe wässrig geblieben und die Nächte ohne eine wärmende Decke kalt. Obendrein war dieses ungute Gefühl, einer der nächsten zu sein, der mit der Kutsche davonfahren würde, in ihm so stark geworden, dass Erylan sich eines Nachts davongeschlichen hatte.

Seither wanderte er durch Dörfer, Wälder und über Felder. Dieses kleine Fischerdorf schien ihm vertraut, als sei er schon einmal hier gewesen. Die Bewohner ließen ihn in Ruhe, hetzten ihm keine Ordnungshüter auf den Hals und manchmal bekam er sogar etwas zu essen geschenkt.

Endlich erreichte er die ersten Häuser des Dorfes. Nur ganz vereinzelt war eine Menschenseele zu sehen. Kein Wunder bei dem eiskalten Wind. Wer nicht unbedingt hinausgehen musste, saß bestimmt lieber zu Hause vor dem brennenden Kamin und wärmte sich.

Ein besonders heftiger Wind blies Erylan an der nächsten Hausecke entgegen. Jeder Schritt kostete ihn nun viel Kraft, die er nicht mehr aufzubringen glaubte. Die Kälte schien in jede einzelne Zelle seines Körpers zu dringen, sogar die Gelenke fühlten sich steif an und erschwerten ihm damit das Laufen.

Gleich würde er sich vor den Kamin setzen, das Feuer entzünden und sich wärmen. Es war nicht mehr weit.

Die Gedanken an ein wärmendes Feuer gaben ihm Kraft.

Die Schneeflocken fielen immer dichter, sodass er kaum ein paar Meter vorausschauen konnte. Erylan versuchte, sich zu orientieren, was ihm durch die einsetzende Dämmerung zusätzlich erschwert wurde.

Die Schmiede! Hier musste er rechts abbiegen und sich den steilen Weg zu seinem Haus hinaufkämpfen. Normalerweise brauchte er nicht lange, doch heute kam ihm der Weg mindestens dreimal länger vor. Zu gern hätte er sich einen Moment ausgeruht, sich auf einen Felsen am Wegekreuz gesetzt, aber er musste jetzt in Bewegung bleiben, um am Ende nicht zu erfrieren.

Weiter! Er musste weitergehen! So schwer wie heute war ihm das Laufen noch nie gefallen, obwohl er seine Füße gar nicht mehr spürte. Nur der Blick zwischen den Schneeflocken, das langsame Vorwärtskommen, bestätigte ihm, dass sie noch da sein mussten.

Endlich! Er hatte es geschafft und betrat die ersten Stufen zum überdachten Eingangspodest des Hauses. Jedes Mal, wenn er in dieses Haus hineinkam, überkam ihn ein vertrautes Gefühl. Vielleicht war es der herrliche Blick auf das Meer? Oder war es der abgelegene Standort hier oben auf der Klippe, der ihm diese Geborgenheit vermittelte.

Erylan öffnete die schwere Holztür.

Das Quietschen der Scharniere hallte laut durch die große Eingangshalle. Ein paar Schneeflocken wehten mit dem neuen Hausherrn hinein, bis Erylan die Tür hinter sich schloss.

Zuhause!

Er seufzte tief. Der geräumige Raum, der ihn rechts der Eingangshalle mit einer hohen Doppelflügeltür einlud, beherbergte einen mannshohen Kamin aus sandsteinfarbenen Ziegelsteinen. Er ließ das Holz auf den bereits angelegten Vorrat fallen. Die Müdigkeit droht ihn zu packen, doch zuerst muss er das Feuer in Gang bringen, sonst war dies sein letzter Tag.

Langsam hatte Erylan Übung mit den Feuersteinen bekommen. Nach wenigen Minuten brannten die ersten Zweige und kleinere Äste im Kamin. Allein die Tatsache, dass der eisige Wind vor der Tür blieb, schuf ein Gefühl des Wohlbehagens. Vor zwei Tagen war es ihm gelungen, die Bretter vor den vier hohen Fenstern abzureißen, um etwas Licht in dieses Zimmer hereinzulassen.

Erylan legte sich die Wolldecke aus der

Kleidertruhe um den Leib. Hier im Haus gab es nur noch spärliches Mobiliar. Die schwere Eichenholztruhe hatte er mühsam vor den Kamin gezerrt, damit er nicht auf dem kalten Steinfußboden sitzen musste. Erst jetzt fielen ihm die blutigen Fußspuren auf, die er auf dem Boden hinterlassen hatte. Er setzte sich auf die Truhe und begutachtete seine Fußsohlen. Vereinzelte kleine, aber tiefe Schnitte, die er sich vermutlich auf dem felsigen Weg hier nach oben zum Haus zugezogen hatte, bluteten.

Langsam kehrte das Leben in seine Füße zurück. Damit begann ein leichtes Kribbeln, das sich zu einem heftigen Brennen und Stechen entwickelte. Was konnte er auf die Wunden legen? Früher hatte ihn seine Großmutter mit Umschlägen aus getrockneten Salbeiblättern versorgt, wenn er sich verletzt hatte. Vielleicht gab es hier irgendwo unter der Schneedecke auch Salbei, doch bis er diese fand, brauchte er Schuhe.

Großmutter hätte sich in einer solchen Situation gewiss zu helfen gewusst. Ja, sie wusste so viel und hatte stets gute Einfälle gehabt.

Großmutter!

Tief aus seinem Herzen drängte sich ein geräuschvoller Seufzer in den Raum. Erylan stand kurz auf, bückte sich und legte drei größere Holzstücke ins Feuer, dann setzte er sich wieder auf die Truhe. Er dachte zurück an sein letztes Weihnachtsfest.

Er konnte den köstlichen Braten von Großmutter und das duftende Brot seiner Mutter beinahe riechen. Ein Kranz aus Eibenzweigen schmückte den einfachen Holztisch, an dem sie speisen wollten. Auch an jenem Abend widmete seine Mutter das Tischgebet wie immer ihrem Ehegatten, Erylans Vater. Er selbst hatte kaum Erinnerungen an ihn, wusste das meiste nur von Erzählungen seiner Mutter.

Als sein Vater mit dem Schiff zu einer weiten Reise aufgebrochen war, musste Erylan drei Jahre alt gewesen sein. Ein gutes Jahr später erhielt seine Mutter den ersten Brief, der das letzte Lebenszeichen ihres Mannes sein sollte. Gerade zu Weihnachten waren die Gebete seiner Mutter von vielen Tränen begleitet.

Großmutter hatte darüber nur den Kopf geschüttelt. »Es sind über fünf Jahre vergangen! Eric wird nicht mehr zurückkehren, finde dich endlich damit ab!«

Doch seine Mutter glaubte fest daran, ihn eines Tages wieder in ihre Arme schließen zu können. Diesen Glauben, diese Hoffnung verlor sie auch nicht in der Zeit, als sie krank wurde. Und selbst auf dem Sterbebett sagte sie zu Erylan: »Eines Tages wird dein Vater nach Hause kommen! Ich weiß es!«

Nur wenige Wochen nach diesem letzten gemeinsamen Weihnachtsfest erkrankte das halbe Dorf und viele Einwohner erlagen ihrem hohen Fieber. Zuerst entschlief die Großmutter, kurz darauf starb auch Erylans Mutter.

Immer, wenn er an die beiden zurückdachte, fühlte er diese stechende Leere in seinem Herzen.

Jetzt war er allein, spürte zudem seine schmerzenden Füße, aber er hatte es warm, ein Dach über dem Kopf und sogar etwas zu essen. Heute Morgen hatte die Hebamme des Dorfes ihm ein Gebäck geschenkt und ihm dazu ein gesegnetes Weihnachtsfest gewünscht. Als er das Gebäck aus seinem Beutel hervorholte, überkam ihn ein unbeschreibliches Glücksgefühl.

Ein solches Gefühl hatte er seit dem letzten Weihnachtsfest nicht mehr verspürt. Und so wie damals in dem kleinen Haus seiner Großmutter fühlte er sich jetzt hier in diesem Haus sehr wohl, obwohl es so groß und leer war.

Mit einem weihnachtlichen Gebet an seine verstorbene Mutter und Großmutter begann er, dieses süße Gebäck langsam, Bissen für Bissen, zu verzehren. Eine derartige gefüllte Köstlichkeit hatte er noch nie gegessen.

In der Mitte, von einem lockeren honigsüßen Teig umgeben, fand Erylan Apfelstückchen, die mit einem fremdartigen Geschmack verfeinert worden waren. Das war wirklich etwas ganz Besonderes, es war eben Weihnachten!

Seine Mutter hatte gesagt, zu Weihnachten passieren wundersame Dinge. Den Gänsebraten zum letzten Fest hätten sie sich gar nicht leisten können. Die tote Gans war von einer vorbeifahrenden Kutsche aus dem Korb gefallen, als die Räder über einen größeren Stein polterten. Die Gans war der Mutter direkt vor die Füße gerollt.

Ja, wundersame Dinge passierten zu Weihnachten. Mit der Entdeckung dieses Fischerdorfes und dieses Hauses verhielt es sich ähnlich. Nach seiner Flucht aus dem Heim war Erylan bemüht, möglichst weit wegzugehen, dabei war ihm die Richtung erst mal egal. Er ging die Wege entlang, die ihm gefielen und so war er hierher gekommen. Auch wenn dieses Haus für ihn allein viel zu riesig war, so war es doch jetzt aber sein Haus. Es gehörte ihm, weil es sonst niemand wollte.

Ja, weihnachtliche Wunder gab es wirklich. Letztes Jahr die Gans, die Mutter mit nach Hause gebracht hatte und nun dieses Haus. Vielleicht fand er morgen im Dorf eine Arbeit, mit der er sich ein paar Taler verdienen konnte. Mit diesem Gedanken und dem süßen Gebäck im Magen streckte er sich auf der Truhe aus und schlief mit einem Gefühl der Zufriedenheit ein.

Fremdartige Geräusche drängten sich in sein Bewusstsein. Träumte er noch?

Nein! Er schreckte hoch. Das Quietschen der Eingangstür hallte durch die leeren Räume. Das klang gespenstisch. Spukte es hier?

Erylan setzte sich auf und rieb sich das Gesicht. Die restliche Glut im Kamin leuchtete sacht. Von draußen fiel nur das wolkenverhangene Mondlicht ins Zimmer.

»Das ist also alles, was mir geblieben ist!«, seufzte eine dunkle Männerstimme. Geister benutzten keine Türen, sie gingen durch die Wand und Selbstgespräche führten sie wahrscheinlich ebenso wenig. Vor seinem geistigen Auge sah Erylan das Kloster, den Mann mit seiner Kutsche, seinen eiskalten Blick. Er musste fliehen!

Sofort!

Als er aufstand, spürte er schmerzlich seine wunden Fußsohlen. Halb hinkend, halb rennend verließ er durch die hintere Tür, die knarrte, sein warmes Zimmer.

»Wer ist da?«, forderte die Männerstimme im energischen Ton.

In diesem hinteren Flur, der unter der großen Treppe lag, die nach oben führte, war die Finsternis so mächtig, dass Erylan die Luft wegblieb. Hier hinten konnte man nicht mal die eigene Hand vor Augen sehen. Keinen einzigen Schritt traute er sich, weiterzugehen. Zurück konnte er aber auch nicht.

»Sprecht! Wer seid Ihr?«

Erylan klopfte das Herz bis zum Hals, sein Atem war flach und seine Hände fühlten sich feucht an. Langsam drehte er den Kopf zur Seite und sah zurück. Im Türrahmen zu jenem Zimmer erkannte er die Silhouette eines großgewachsenen Mannes.

An dieser Gestalt gab es kein Vorbeikommen. Ihm blieb nur die Flucht weiter in die Dunkelheit hinein. Am Ende des Flurs gab es drei Türen, das wusste er. Plötzlich war sein Kopf leer. Ihm wollte nicht einfallen, wie die Zimmer angelegt waren, wie er dieses Haus verlassen konnte, ohne dem Fremden in die Arme zu laufen.

»So gebt Euch doch zu erkennen! Wenn Ihr eine Bleibe sucht, so wird sich etwas finden.«

Die Stimme klang freundlich, fast sympathisch. Erylan überlegte, welcher Anlass diesen Fremden hierher verschlagen haben könnte. Wer nachts in leerstehende Häuser eindrang, sollte jedenfalls kein Ordnungshüter sein. Seine Flucht erschien ihm in diesem Moment recht lächerlich.

Andererseits könnte der Fremde böse Absichten verfolgen. Erylan besaß außer den Kleidern am Leibe nichts, um was man ihn hätte erleichtern können. Seine Gedanken waren fehl am Platz.

»Wenn Ihr erlaubt, werde ich ein Holzscheit in die Glut legen, dann können wir uns gemeinsam aufwärmen.« Der Fremde wartete keine Antwort ab, drehte sich um und ging. Damit verschwand er aus seinem Blickfeld.

Erylans Ängste und Zweifel waren wie weggeblasen.

Eine seltsame Situation

Möglicherweise suchte der Fremde auch nur nach einem warmen Obdach für die Nacht. Vielleicht war er genauso einsam wie er selbst. Es gab keinen Grund, sich zu verstecken, keinen Grund davonzulaufen!

Langsam, denn jeder Schritt war schmerzhaft, ging Erylan den Flur zurück. Deutlich spürte er etwas Feuchtes unter seinen Fußsohlen, er musste aufpassen, nicht auszurutschen. Am Türrahmen angekommen, blieb er kurz stehen und schaute ins Zimmer.

Der Fremde hockte vor dem Kamin, er sah nicht einmal auf, als Erylan näherkam. Das schulterlange, dunkle Haar verdeckte hängend das Gesicht.

»Eure Füße«, dabei pustete er kräftig in die Glut, bis das Holz Feuer fing, »müssen verbunden werden.« Er klang ehrlich, fast fürsorglich.

Inzwischen war Erylan hinter ihm angelangt. Seine freundlichen Worte gaben ihm Mut.

»Gesegnete Weihnachten!«, flüsterte er. Stürmisch drehte sich der Fremde um, dabei stand er auf. Er sah erschrocken aus. Vermutlich hatte er einen Erwachsenen erwartet. Seine Gesichtszüge wirkten wie versteinert. Seine weit aufgerissenen Augen musterten Erylan intensiv von oben herab. Das Feuer hüllte den Raum in ein warmes geborgenes Licht.

Der Fremde nahm auf die Truhe Platz. »Dir ebenfalls ein gesegnetes Weihnachtsfest! Komm, setzt dich zu mir!«

Das Feuer loderte auf und schien dem Fremden ins Gesicht. Große, braune Augen hatte er mit breiten Augenbrauen und einem dichten Bart, so wie Erylan sie von Seefahrern kannte.

Er ging auf die äußerste Kante der Truhe zu, wollte dem Fremden nicht zu nahe kommen. Doch als er sich setzte, überkam ihn ein Gefühl von Geborgenheit, vergleichbar mit einem alten Freund, den man wiedergefunden hatte.

»Es war nicht meine Absicht, dich mitten in der Nacht aufzuschrecken.« Der Fremde rutschte ein Stück auf Erylan zu und legte ihm die Wolldecke um. »Wie alt bist du?«

»Neun«, glitt ihm über die Lippen, obwohl er sich eigentlich ein bisschen älter machen wollte. Der Fremde nickte und schaute auf das Feuer. Auch Erylan sah den tanzenden Flammen einen Moment zu und genoss die Wärme des Feuers. Ein Ast fiel auf den Kaminboden und die Funken verglimmten in der

Luft.

»Das ist ein einsames Weihnachtsfest für einen Jungen in deinem Alter.«

Bei diesen Worten wurde es Erylan noch einmal richtig bewusst, das war sein erstes Weihnachtsfest ohne seine Familie. Und da war wieder dieses Stechen in seiner Brust, von dem er schnell ablenken wollte. »Ist dies Euer Haus?«

»Ja!« Der Mann seufzt tief, »dies war einst mein Haus. Aber das ist lange her.«

Großartig!

Mit dieser wirklich dummen Frage war er abermals ohne ein Dach über den Kopf. Hätte er nicht etwas anderes fragen können? Jetzt saß er wieder auf der Straße!

Nein, so hatte er sich ein weihnachtliches Wunder nicht vorgestellt. Warum musste der Mann ausgerechnet in dieser Nacht zurückkehren? Erylan sah sich im Geiste im Wald an einen Baum gelehnt sitzen, wie ihm vor Kälte die Zähne klapperten.

»Wie lange kommst du schon hierher?«

Der Hausbesitzer erweckte nicht den Eindruck, als wollte er ihn augenblicklich vor die Tür setzen. Erylan wollte ehrlich sein. »Ich weiß nicht genau, seit ein paar Tagen.«

»Aha!« Der Fremde hüllte sich für ein paar Minuten in Schweigen. »Jetzt, da ich wieder zu Hause bin, kommt mir die Zeit gar nicht so lange vor und doch, wenn ich mich so umsehe ...« Sein Blick blieb auf den Fenstern kleben. Außer der Nacht und ein paar Schneeflocken konnte Erylan nichts hinter den Fenstern entdecken, das so fesselnd gewesen wäre, minutenlang dorthin zu starren. Ob er ihn fragen sollte, wie lange er fort war? Im Moment schien er mit seinen Gedanken ebenfalls sehr weit weg zu sein.

Plötzlich fühlte sich Erylan vollkommen fehl am Platz. Dieser Mann war möglicherweise nur ein Gauner auf der Flucht und tischte ihm gerade eine Lüge auf. Besser, er räumte das Feld freiwillig, denn am Ende würde er ohnehin den Kürzeren ziehen. Er rutschte von der Truhe, wickelte sich die Wolldecke um den Leib und humpelte zur Tür.

»Wo willst du hin?«

Erylan hatte den Türgriff schon in der Hand, doch diese Frage ließ ihn innehalten, allerdings drehte er sich nicht um. »Wenn dies Euer Haus ist, sollte ich jetzt besser gehen.«

»Aber warum denn?« Die Stimme klang näher, als käme der Mann auf ihn zu. »Es ist genug Platz hier, außerdem ...« Jetzt spürte Erylan eine Hand auf seiner rechten Schulter, er wandte sich dem Mann zu und schaute nach oben, ihm ins Gesicht.

»Draußen ist es so kalt und deine Füße!« Demonstrativ blickte er auf die blutigen Spuren, die durch den Raum führten. Auffallend leise sprach er weiter. »Bitte bleib! Ich wäre dankbar, heute nicht allein sein zu müssen.«

Dieser Mann fürchtete sich vor dem Alleinsein. Ob Gauner oder nicht, er tat Erylan leid.

»Komm und setzt dich!« Er schluckte hart. »Weißt du, ich habe in den letzten Tagen ...« Er wirkte abermals abwesend.

Ob der Mann krank war?

»Verrätst du mir, wie du heißt? Ich fände es angenehmer, wenn ich dich mit deinem Namen anreden könnte.« Dabei lief er zurück und setzte sich auf die Truhe. Erylan humpelte ebenfalls zurück. Er fühlte sich erleichtert, hierbleiben zu können. »Ich heiße Erylan.«

Dieser Mann war wirklich merkwürdig! Wie erstarrt saß er jetzt da. Es vergingen wieder einige Momente, bis er seinen Rücken aufrichtete, sein Kinn ein Stück in die Höhe hob und ihn intensiv anstarrte.

»Erylan? Das ist ein ungewöhnlicher Name!« Seine großen braunen Augen schienen Erylans Gesicht abzutasten. »Ich«, er schluckte auffallend, »ich hole dir Johanniskraut für deine Füße!« Er ging auf die Tür zur Eingangshalle zu. Als er sie öffnete, drehte er sich zu ihm um und sah Erylan erneut ins Gesicht, doch diesmal nur kurz.

Erylan konnte beobachten, wie er in die Eingangshalle zu einer Leinentasche ging, die neben zwei Lederkoffern lehnte und einen Lederbeutel hervorholte. Damit kehrte er zurück ins Zimmer und schloss hinter sich die Tür.

»Ich mag auf dich etwas«, er überlegte, legte dabei seine Stirn in Falten, »durcheinander wirken.« Er setzte sich mit dem Beutel in der Hand neben ihn. »Wenn du erlaubst, erkläre ich dir, warum.«

Erylan nickte.

»Vor ein paar Wochen kehrte ich von einer sehr langen, beschwerlichen Reise zurück. Zuerst«, seine Nasenflügel bebten auffallend, »wollte ich meine Familie wiedersehen. Meine Frau wollte während meiner Abwesenheit nicht allein hier bleiben und so hatte ich sie damals in ihr Heimatdorf zu ihrer Mutter gebracht. Von jenem Dorf fand ich lediglich die Grundmauern niedergebrannter Häuser.« Er presste die Lippen kurz aufeinander. »Eine Seuche hatte beinahe das ganze Dorf ausgelöscht«, die folgenden Worte sprach er besonders leise, »darunter auch meine Frau.«

»Das tut mir leid!« Da war erneut dieser stechende Schmerz in seinem Herzen. »Warum hat man die Häuser niedergebrannt?«

»Die Häuser waren durch die Seuche unbewohnbar geworden. Niemand hätte mehr dort leben können, ohne selbst krank zu werden.«

Während Mutters und Großmutters Krankheit war das Wort Seuche oft gefallen. Ob das Dorf seiner Großmutter ebenfalls in Brand gesteckt worden war?

»Bevor ich abreiste, war ich mit meiner Frau hier sehr glücklich. Weißt du, Erylan, unser Sohn kam hier zur Welt.« Der Mann sah ihm wieder intensiv ins Gesicht.

»Ist er auch an der Seuche gestorben?«

»Das konnte mir niemand sagen.« Er schüttelte den Kopf und stand auf. »Leg dich hin, damit ich deine Füße verbinden kann!«

Erylan setzte sich mit gestreckten Beinen auf die Truhe.

»In diesem Haus stecken wunderbare Erinnerungen. Es fällt mir äußerst schwer, mich mit der Tatsache abzufinden, meine Familie verloren zu haben und allein zu sein.« Er nahm etwas aus dem Lederbeutel und legte es auf die Fußsohlen. Anschließend wickelte er weichen Stoff um Erylans Füße. Der genoss das Gefühl, umsorgt zu werden.

»Vielleicht möchtest du mir Gesellschaft leisten, zumindest bis deine Fußsohlen verheilt sind?«, fragte der Fremde.

Alle Eigenarten dieses Mannes waren mit seiner Erklärung verschwunden. Erylan begann, sich dieses verlockende Angebot auszumalen. Ein paar Tage in einer geborgenen

Umgebung wären ganz bestimmt sehr erholsam. Er nahm die Beine von der Truhe und ließ sie herunterhängen.

»Ich könnte dir ein paar Schuhe anfertigen lassen.« Er setzte sich wieder zum ihm. »Erzähl mir von dir, Erylan!«

»Aber was ist mit Eurem Sohn?« Wie sehr wünschte er sich, dass seine Mutter Recht hatte und sein Vater wirklich eines Tages nach Hause kommen würde. Doch wie sollte ihn sein Vater hier finden? »Werdet Ihr ihn nicht suchen?«

Ein sachtes Lächeln huschte dem Mann über die Lippen. »Und was, wenn er mich findet?«

Diese Überlegung warf die Frage auf, wo er selbst mit der Suche nach seinem Vater beginnen würde. Außerdem war die Suche für einen Erwachsenen nicht so schwierig wie für ein Kind. »Wie alt ist Euer Sohn?« Erylan verspürte ein Schwindelgefühl, als der Mann ihn einen Moment ansah.

»Er ist neun Jahre alt.«

Also so alt wie er selbst! »Und kennt er den Weg hierher?«

»Eigentlich nicht!« Diesmal war sein Lächeln deutlicher.

»Aber wie soll er Euch denn finden?«

Er flüsterte, als würde er von einem Geheimnis sprechen. »Ich dachte, du könntest mir diese Frage beantworten.«

»Ich?« So ganz beisammen schien ihm der Mann wirklich nicht zu sein.

»Im Nachbardorf gab es eine Frau, die meinen Jungen kannte. Sie meinte, sich zu erinnern, dass man ihn zu den Mönchen ins Kloster gebracht hatte, nachdem seine Mutter und seine Großmutter gestorben waren. Als ich im Kloster nachfragte, war er nicht mehr dort. Er war weggelaufen.«

Erylan hatte zugehört. Das klang fast nach seiner eigenen Vergangenheit. War das nur Zufall oder sollte er der Junge sein, der in diesem Haus geboren wurde? War es ihm deshalb so vertraut? Er war gerade drei Jahre alt, als sie hier fortgingen. Unmöglich konnte er sich an dieses Haus erinnern und schon gar nicht an den Weg hierher kennen.

Eine große Hand legte sich auf seine Rechte. »Entschuldige bitte, Erylan! Ich habe versäumt, mich bei dir vorzustellen.«

Erylan schloss die Augen und wünschte sich nur einen einzigen Namen zu hören. Er wünschte sich das weihnachtliche Wunder, auf das seine Mutter so lange gewartet hatte.

»Ich heiße Eric.«

Erylan fühlte sich augenblicklich leicht wie eine tanzende Schneeflocke in dieser Nacht. Der innere Schmerz in seiner Brust war beinah vergessen, als er sich von seinem Vater in den Arm nehmen ließ.

Dabei fielen ihm die Worte seiner Mutter ein, die sie immer wieder gesagt hatte:

»Eines Tages wird dein Vater nach Hause kommen! Ich weiß es!«

Ich wünsche meinen Lesern ein

friedliches

Weihnachtsfest!

Rezensionen sind sehr willkommen

Die Schriftstellerin

In Berlin geboren und aufgewachsen, schrieb Angela Planert
bereits in der Grundschule ihre ersten Entwürfe.

Seit August 2000 lebt sie im Norden Berlins und widmet sich seit
2003 neben ihrem Beruf und den Aufgaben als dreifache Mutter
intensiv ihrer Leidenschaft, dem Schreiben. Sie verfasste bislang
Kindergeschichten sowie zahlreiche Romane, die als E-Books
und Print-Bücher veröffentlicht wurden.
Seit 2012 ist sie hauptberuflich als Schriftstellerin tätig.

www.Angela-Planert.de